Y 5492.
M H?.

9926

Ye

DIALOGUE

ENTRE

LUI ET MOI

SUR

LE DITHYRAMBE

COURONNÉ A L'ACADÉMIE.

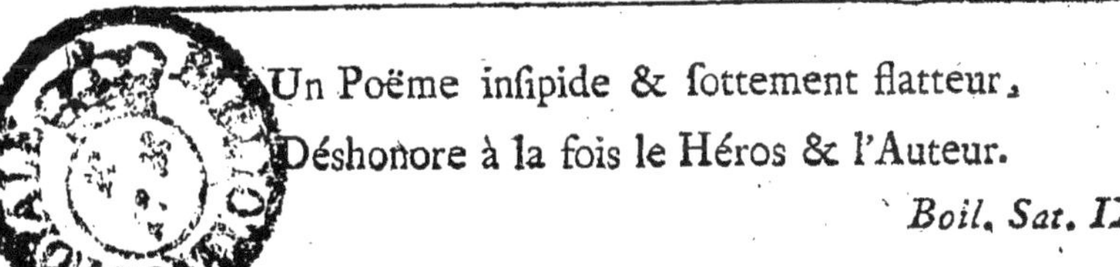

Un Poëme infipide & fottement flatteur,
Déshonore à la fois le Héros & l'Auteur.

Boil. Sat. IX.

La Scène fe paffe dans la cour du Louvre.

1779.

DIALOGUE

ENTRE

LUI ET MOI.

LUI.

Mauvais! déteſtable!

MOI.

Miraculeux! ſublime!

LUI.

Ah! ſi j'avais pu fendre la preſſe, je ne ſerais
pas reſté un quart-d'heure dans ce lycée en-
nuyeux. Que l'aſſemblée m'a paru frivole &
partiale! quelle bouffiſſure! quelle ſéchereſſe!

A

quelle obfcurité dans les vers ! quel ridicule dans les applaudiffemens !

M O I.

Ah ! j'aurais voulu prolonger la féance juf-qu'au coucher du fils de Latone. Qu'elle était brillante & ingénieufe ! avec quelle volupté je promenais mes regards éblouis fur ces grou-pes divers de femmes érudites, & vraîment connaiffeufes! que de beautés nouvelles répan-dues dans le Poëme couronné ! qu'il eft doux de voir les Mufes applaudies des mains des Graces!

L U I.

Encore un pas de plus, & nous retombons dans la barbarie des premiers fiècles.

M O I.

Ils ont difparu ces jours de ténèbres, où la Nation n'avoit pas encore reçu du Ciel le don précieux de connaître, de fentir ces nuances philofophiques , & trop long-tems négligées qui feront, dans tous les âges, le véritable charme de la poéfie.

L U I.

Vous m'étourdiffés : portés plus loin votre enthoufiafme rifible.

M O I.

Que je m'éloigne ! non, c'eſt ici le champ
d'honneur, j'y reſte. Pourquoi voulés-vous
enchaîner mon enthouſiaſme ?

L U I.

Vous êtes vendu à l'Auteur.

M O I.

L'Auteur eſt inconnu.

L U I.

L'Auteur inconnu ? ne fait-on pas que c'eſt ?....

M O I.

Qu'importe ſon nom ? Il a obtenu le prix : il
n'appartient pas à des yeux profanes de pénétrer
dans les myſtères académiques.

L U I.

Mais ces Arbitres lumineux du Parnaſſe dés-
honorent leurs ſuffrages, & le vainqueur qu'ils
couronnent.

M O I.

Nous avons un dithyrambe.

L U I.

Il eſt pitoyable ; il eſt mauvais dans toute la
force du mot.

M O I.

Nous avons un dithyrambe.

L U I.

Qu'a-t-il donc de mervéilleux ? Cités.

M O I.

Oui : vous allez rougir de vous-même.

> Il s'avance, (Voltaire) *à fon front les lauriers vont s'offrir :*
> *Tous , vous vous difputés* le droit de *l'en couvrir.*
> *Jouiffés , il jouit.* Sa viéilleffe attendrie
> *Renaît* pour refpirer l'encens de la Patrie.

Les lauriers vont s'offrir à fon front ! le droit de *l'en couvrir !* ne diftingués-vous pas déjà la main du maître ? Sentés-vous bien fur-tout l'harmonie de ce charmant *en ? jouiffés , il jouit.* La précifion , la fineffe de cet hémiftiche peut-elle échapper à l'homme de goût ? N'eft-ce donc rien auffi que la *vieilleffe* qui *renaît ?* Faites attention aux cinq vers qui fuivent.

> Vos cris ont retenti dans fon cœur confolé :
> Vous avés vu fes pleurs, & vos pleurs ont coulé :
> Du génie & du temps l'ouvrage fe confomme :
> Tous les cœurs font heureux des honneurs d'un grand-homme :
> De vos vœux réunis il reçoit les tributs.

Entendés - vous la chûte mélodieufe de ces

vers? comme ils tombent, un à un, à petit bruit, d'une manière sentencieuse & uniforme!

Il n'est plus! prends ton vol *agile* renommée!
    Aux bouts de la terre alarmée
Porte de tes cent voix le plus lugubre accent:
Annonce un jour de deuil *à tout être qui pense.*
Que . . . .
Les beaux arts orphelins, l'humanité plaintive
    Lui *consacrent de longs* adieux.

Agile renommée! *Agile!* que cette épithète est heureusement choisie? *Porte de tes cent voix le plus lugubre accent.* Ce vers n'a-t-il pas une douceur pénétrante? *Consacrer des adieux, de longs adieux?* n'êtes-vous pas tout stupéfait de cette nouveauté d'expression?

Aux champs de Port-Royal Racine enseveli,
A d'un *nouveau murmure* attristé cette enceinte,
Aujourd'hui désolée, *& qui jadis fut sainte.*
Du Capitole antique où le Tasse este en vain:
Les rochers ont gémi, *frappés d'un cri soudain...*
Le laurier *renaissant,* à Virgile *fidèle...*
Trois fois sous la *noirceur* des voûtes sépulcrales
Une voix *a redit* dans ce morne séjour:
Le Chantre de Henri *vient de perdre le jour.*

L U I.

Eh! morbleu. Faites-moi grace de votre prose rimée. Que signifie d'ailleurs cette enceinte attristée d'un *nouveau murmure; & qui jadis fut sainte?*

Quelle dureté dans cet hémiftiche, où *le Taffe erre en vain ?* Qu'entendés-vous par le *Taffe qui erre en vain fur les rochers du Capitole ?* que veut dire un laurier *renaiffant, fidèle* à Virgile ?

M O I.

Oh ! que je vous plains de n'être pas ému de la fublimité de ces vers ! concevés-vous du moins la *noirceur* des voûtes fépulcrales ? Des Poëtes vulgaires ont déja dit la nuit, l'horreur des tombeaux : mais la *noirceur* des voûtes fépul-erales ! c'eft-là une hardieffe abfolument neuve. Ne vous repréfentés-vous pas ces voûtes *noircies*, pour ainfi dire, par la fumée ? voilà ce qui s'appelle faifir le mot propre, le mot pittoref-que, *ut pictura, poëfis.*

A la fuite de cette tirade, admirés ce vers ifolé qui ouvre une ftrophe pindarique. *O Roi ! l'honneur de la nature !* & puis cette tranfition bruf-que & inattendue.

> Oh ! qu'il dut chérir fes fuccès,
> Quand fa main jeune, *& déjà fûre,*
> Offrit ton image aux Français.
> . . . .
> Et ton nom . . . .
> Quand il fut chanté par Voltaire,
> *En devint encor plus facré.*

Sa main déjà fûre : ton nom en devint encor plus

facré. Croyés-vous qu'il foit permis à tout le monde de rimer avec cette facilité onctueufe & *entraînante* ? Voulés-vous du Roufleau ?

> Là, d'une fublime magie
> *Développant tous les fecrèts,*
> De la *poétique énergie*
> Il *fait* animer fes portraits.
> Je vois Charles, docile au crime;
> Médicis, favante à tromper ;
> Mornay, dans les combats tranquille,
> Coligny, *la tête immobile* . . . .
> C'eft-là que fa douleur profonde
> *Pleurant les maux qu'on nous a faits,*
> Dénonce aux arbitres du monde
> *Le fanatifme & fes forfaits.*
> Du Tibre & des bords de la Grèce
> *Qui fe partageoient fa faveur,*
> Vers nous cette fière Déefle
> Tourna fon vol *confolateur.*
> France ! une Mufe *fi hautaine*
> *Vint* chés les Nymphes de la Seine
> *Pour entendre un de fes foutiens ;*
> Et dans leur demeure accueillie,
> Couvrit leur urne énorgueillie
> *D'un laurier qui manquoit aux tiens.*

J'efpère que vous avouerés qu'il y a de la verve dans ce morceau.

L U I.

De la verve ! dites de l'entortillage, des mots vuides, de l'aridité. Si l'Auteur avait eu de la verve, il aurait peint la situation de Coligny d'une touche large & pathétique. Il aurait reproduit à nos yeux le tableau de la Ligue avec des couleurs mâles, & sans reléguer sèchement les noms de Charles, de Médicis, de Mornay dans une strophe glacée.

M O I.

Mais observés que c'est ici de la poésie lyrique : que l'Auteur a voulu seulement donner à ce passage la teinte de l'Ode.

L U I.

Eh! c'est précisément parce qu'il a prétendu s'élever à la hauteur de l'Ode, que je ne lui pardonne pas d'avoir un style flasque, décharné & dépourvu de chaleur. L'Ode exige de la noblesse, de l'enthousiasme, de la profondeur, des images.....

M O I.

Des images ? je vous attendais là, & voici de quoi vous confondre. Remarqués avec quel art l'Auteur qui se trouve conduit aux portes d'un Temple, fait la description des objets qui s'offrent à sa vue.

Deux *spectres* sont debout sur ce lugubre seuil :
L'un, la tête inclinée, enveloppé de deuil,

Exprimant fur fon front fes touchantes alarmes,
Semble aimer fa douleur, & fe plaire à fes larmes ;
Sa poitrine élevée eft pleine de fanglots.

Devinés quel eft ce fpectre. La *Pitié*, oui, la *Pitié*. Vous ne comptiés pas fans doute la rencontrer fous la forme d'un fpectre ; mais c'eft ainfi qu'un Peintre habile furprend & force à l'admiration. Voyés-la *exprimant fur fon front fes allarmes , & fe plaire à fes larmes.* Voyés *fa poitrine élevée & pleine de fanglots.* Comme cela eft touchant ! comme cela fait image !

L'autre (fpectre) a le regard fixe & la bouche entr'ouverte :
L'image du péril à fes yeux femble offerte :
Ses cheveux hériffés , fa finiftre pâleur,
Tous fes traits altérés me montrent....

Devinés.... encore embarraffé ? eh bien ! c'eft la *terreur.* N'êtes - vous pas faifi, effrayé ? ne reftés-vous pas *la bouche entr'ouverte ?*

L U I.

Quoi ! voilà fous quel afpect le Poète a prétendu nous montrer les deux grands refforts de la Tragédie ! quelle couleur terne ! quelle faibleffe de pinceau & de ftyle ! comme tout cela eft froid & inanimé !

M O I.

Ou vous ne vous y connaiſſés pas, ou c'eſt
le comble de l'injuſtice.

L U I.

Non, je ne ſuis pas injuſte, & quelle que ſoit
l'humeur qui me commande avec raiſon, j'a-
vouerai que j'ai goûté du plaiſir à l'endroit, où
Melpomène fait aſſeoir près d'elle les fameux
Tragiques de la Grèce & de la France. Cette
galerie pouvait être préſentée d'une manière
plus intéreſſante; mais elle m'a plu même avec
ſes défauts.

M O I.

Et que dites-vous des ſtrophes où l'Auteur
paſſe en revue toutes les Tragédies de ſon héros?
avés-vous remarqué comme il unit l'adreſſe à
la vigueur, le feu de la poéſie à l'agrément
des penſées?

L U I.

Ne m'en parlés pas. Je trouve cette énumé-
ration d'une médiocrité inſoutenable. Si l'Auteur avait conſulté ſes forces, elles l'auraient
averti que ſa Muſe paralytique eſt deſtinée à
ne pouvoir jamais prendre le ton de l'Ode.

M O I.

Hé bien! je veux vous convaincre, les preuves à la main, que c'eft le Dieu du Pinde qui infpire le moderne *Dithyrambifte* dont vous ofés déprimer les talens.

> *Soudain conduit par Melpomène*
> Sous des lambris religieux,
> Qui des richeffes de la fcène
> Gardent le dépôt précieux ;
> *Des tableaux qu'elle nous préfente,*
> Il (Voltaire) voit une fuite impofante
> *Que reproduit un art divin ;*
> Et *nouvel hôte* de ce Temple....

Que reproduit un art divin ! Cette fin de période ne vous femble-t-elle pas claire ? & le *nouvel hôte* du Temple ? le mot d'*hôte*, en cette occafion, n'a-t-il pas quelque chofe de noble & de brillant ?

> Ici, ce Conful vénérable,
> *Dans fa cruelle fermeté*
> *Verfe le fang d'un fils coupable*
> Sur l'autel de la liberté.

Ne reconnaiffés - vous pas, à cette peinture enflammée, le plus ardent défenfeur de la liberté Romaine ? comme l'Auteur a exprimé, en quatre vers, tout le pathétique de la Tragédie de Brutus !

Gusman, *que l'Amérique abhorre,*
Tombant sous les coups de Zamore,
Pardonne à son fier ennemi.
Vendôme, *qu'un remords éclaire,*
Pleure, *& tend les bras à son frère,*
Qu'il reçoit des mains d'un ami.
Là, de son épouse fidelle
Déplorable & dernier appui,
Zamti, *tremble en levant sur elle*
Le fer qu'il ne craint pas pour lui.
César, qu'environne le glaive,
Combat encor & se soulève,
Voit Brutus, *& cède à son sort.*
Plus loin, l'amant d'Aménaïde
La sauve, en la croyant perfide . . . .

N'êtes-vous pas transporté par la magie du Poète sur la scène sanglante, où Brutus enfonce le couteau dans le sein de César, son père ? n'êtes-vous pas témoin des coups qu'on lui porte de toutes parts, des efforts qu'il fait pour se défendre ? ne le voyés-vous pas résister un moment avec courage, & mourir ensuite comme un agneau ? *il cède à son sort.* Pourriés-vous ne pas vous intéresser au malheureux Tancrède qui *sauve* Aménaïde, *en la croyant perfide ?* La situation de Zamti n'est-elle pas rendue avec énergie ? celle de Gusman ne vous fait-elle pas pitié ?

Le Ciel tonne : l'éclair rapide
Sur lui (Ninias) *jettant un jour livide,*

De son front montre la pâleur.
Il n'apprend qu'au bruit du tonnerre
Quel est son crime & son malheur.
La nature s'indigne & crie :
Un monstre a trompé sa furie :
D'un père il (Séide) a percé le sein.
Ce père qui meurt sa victime,
Embrasse encor son assassin.

N'est-ce pas là de la poésie, & de la plus lyri-que ? l'Auteur ne vous paraît-il pas entraîné par la matière, dominé par son génie? n'êtes-vous pas frappé des élans, du feu, des mouve-mens rapides de ces différentes strophes? c'est Pindare planant dans les nues sur les aîles de l'aigle. Voulés-vous frissonner de la situation horrible d'une mère prête à égorger son fils? écoutés ce que le Triomphateur du Lycée dit de Mérope. Voulés-vous voir un Amant tendre & furieux, égaré par les soupçons, trompé par les apparences, plonger un poignard homi-cide dans le cœur de sa maîtresse? jettés les yeux sur le tableau déchirant que le Peintre a tracé des malheurs d'Orosmane.

L U I.

Laissés-moi, je n'écoute plus rien. C'est assés qu'un des Membres de ce docte Aréopage lisant, ou plutôt scandant chaque vers avec une com-

plaifance femi-paternelle, m'ait réduit au fup-
plice d'entendre la Pièce jufqu'au bout.

M O I.

Téméraire ! vous ne méritiés pas l'honneur
d'être conduit *fous ces lambris religieux* : vous ne
méritiés pas de refpirer le même air que ces
Pontifes facrés du Temple, fur qui tous les
Ordres de l'Etat affemblés n'ofaient qu'à peine
lever un œil refpectueux. Avec quel tranfport
cette lifte éloquente des chef-d'œuvres *du grand-
homme* a été généralement accueillie ! & quelle
impreffion n'a pas fait fur les efprits ce vers
remarquable !

    Et le Temple, à grand bruit, *eft fur lui* refermé.

C'eft-à-dire, en forme de proverbe : *après lui,
tirés l'échelle*. Regardés le Vainqueur académi-
que s'affeoir avec Newton fur le char du Soleil
pour contempler à l'aife *la nature éternelle.*

    En trompant fa recherche, *elle l'irrite encor :*
    Dans fes plus purs rayons obferve la lumière,
    Pèfe cet univers *dans l'efpace emporté.*
    Rival & confident de la Divinité,
    Le monde qu'elle a fait, c'eft lui qui le mefure.

Elle l'irrite encor : dans fes plus purs rayons : le
monde qu'elle a fait. Ce ne font pas là des hémiftiches d'Ecolier, des hémiftiches durs, ni profaï-

ques, & vous conviendrés que, semblable à l'univers, le sublime de cette magnifique tirade est aussi *dans l'espace emporté.*

Jusqu'où de ses travaux (de Voltaire) ne s'étend point la trace ?
Quels nombreux monumens ! & que d'objets embrasse
De ses efforts hardis l'infatigable ardeur ?

N'admirés-vous pas dans ces deux premiers vers la touche d'un Poëte exercé, & nourri, dès le berceau, du miel des Neuf-Sœurs ?

L U I.

Je n'ai admiré jusqu'ici que des idées vulgaires, des cadres misérables. Parlés-moi du moment où Voltaire est peint interrogeant les fastes de l'univers, plaidant la cause de l'humanité, poursuivant l'abus des loix, & je vous écouterai ; mais n'allés pas blesser mon oreille des trivialités qui sont enchâssées dans ce couplet.

Voltaire étale encor des spectacles plus vastes.
Les préjugés cruels, long-tems dominateurs.
Au-dessus de leur trône , il montre aux Potentats
Cet heureux fondement de la morale auguste ,
Et Dieu , qui dans leurs cœurs vainement combattu ,
Par la voix des remords a prouvé la vertu.

Supprimés , retranchés toutes ces phrases traînantes & décolorées. Je n'aime pas qu'on me donne de la prose pour des vers.

M O I.

De la profe ! à ce blafphême, je crois entendre les mânes de tous les Poètes célèbres *attrifter*
le facré vallon d'un nouveau murmure. Et que faut-il
donc pour contenter votre goût difficile ? dirés-
vous encore que c'eft ici de la profe ?

Des fleurs de fon génie il leur porte l'offrande :
Elles en ont formé leur plus belle guirlande :
Ses feuls délaffemens le rendroient immortel.

Voyés enfuite comme l'Auteur s'arrête, en
ftyle imitatif, fur les graces des poéfies légères
de fon héros.

Du plus riant badinage
Il refpire la gaîté,
Mêle avec facilité
Au poètique langage
La flatteufe urbanité.
Sa Mufe, vive & légère,
Prend tous les tons à fon choix,
Du goût fait dicter les loix,
Et jouer avec les Rois ;
Mais cet art n'eft point frivole,
Les jeux ouvrent *fon Ecole*
Dont ils écartent l'ennui.
Elle (la Sageffe) *relit pour leçon*
Ces Ecrits où la faillie
Egaya l'inftruction.

Ne vous imaginés-vous pas entendre les fons
enchanteurs

enchanteurs du luth d'Anacréon ? c'est le pinceau moëlleux & délicat de Chaulieu ; c'est le
joyeux vieillard de Ferney lui-même badinant
avec les graces !

> Du Théâtre à la Cour , & du Pinde à Cythère,
> *Signalant chaque pas de sa longue carrière,*
> Il a *donc* des beaux arts *connu* tous les sentiers.
> *Et quel cadre assez grand pourrait à notre vue*
> *Offrir de cet esprit l'étonnante étendue ?*
> Tels sont (de ses talens dans mes vers retracés,
> Cette image *du moins joint* les traits dispersés)
> Tels sont ces monts fameux....

L U I.

De la prose , encore une fois , de la prose.
L'universalité des talens de Voltaire comparée
à ces monts fameux qui joignent l'une & l'autre
Amérique, laissait appercevoir dans le lointain
une image noble & imposante. Déjà j'applau-
dissais au Poète d'une comparaison aussi heu-
reuse ; mais bientôt désabusé de mon espérance,
à la place de la pompe , de la justesse , & de la
clarté des idées, je n'ai vu que du clinquant,
de l'obscurité , de l'enflure, & des rapproche-
mens sans effet.

M O I.

Et blâmerés-vous encore l'endroit qui suit
la superbe comparaison que vous dégradés ?

B

Du moins , si les neuf-Sœurs , arbitres de sa vie ,
Avaient dans leurs travaux renfermé son génie ;
Si leurs seules faveurs avaient fait ses deſtins !
Mais non : . . . .
Rien ne fut étranger à sa vaſte penſée.

Du moins ! que ce *du moins* forme une liaiſon agréable ! ſi les neuf-Sœurs *avaient renfermé son génie dans leurs travaux.* Auriés-vous le front de trouver cette tournure de phraſe meſquine & alambiquée ? & ce *mais non*, n'a-t-il pas auſſi ſon mérite ? ne ſeriés-vous pas tenté de prier l'*Immortelle* de faire aſſeoir le Poète ſur ſon *trône éclatant* pour le récompenſer des efforts hardis de ſa verve ? voyés Calas qui ſur l'échaffaud,

Meurt , appellant en vain le Dieu des innocens.

Le Dieu des innocens !

Mais il exiſte un homme attentif au malheur.
Déjà la suprême puiſſance
Exerçant ſes plus heureux droits . . .

L U I.

C'en eſt trop ; briſons cette converſation déjà trop longue. Qu'ai-je beſoin d'entendre défigurer ainſi le langage des Dieux ?

M O I.

Sans doute le langage des Dieux : mais paré de tous ſes ornemens.

Formant un même cri, mille voix se répondent....
Muse, qui m'as conduit, où m'as-tu transporté?....
.... Oui, c'est toi, Melpomène,
Tes soûtiens les plus chers que toi-même a choisis...
Je suis, depuis long-tems, heureux par leurs ouvrages....

En faut-il davantage pour vaincre votre opiniâtreté ? où m'as-tu *transporté*, Muse, *en me conduisant ?* peut-on rien concevoir de plus beau, de plus exact que cette pensée ? que de vers charmans n'aurais-je pas encore à citer ? mais il est trop juste de laisser quelqu'aliment à l'éloge des Journalistes : ils sauront venger l'Auteur de vos mépris insultans.

L U I.

Que Paris va s'égayer ! que d'Epigrammes vont pleuvoir !

M O I.

Vous êtes anti-Voltairien.

L U I.

Je suis équitable, & n'embrasse aucune secte.

M O I.

Si vous êtes équitable, louez donc le Dithyrambe.

L U I.

Je cesserais de l'être, si j'avais cette lâche condescendance,

M O I.

La jaloufie vous fuffoque. Les honneurs glorieux que la France décerne *au grand homme* qu'elle a perdu, aigrit votre bile, enflamme votre dépit, & verfe dans votre cœur envieux le poifon de la rage.

L U I.

J'écoute avec commifération ce reproche, plus rifible qu'injurieux. Quel homme éclairé pourrait-être avare de fon encens pour ce phénomène littéraire ? quel Français n'eft pas empreffé de lui vouer fon admiration, tout en déplorant fes erreurs ? s'il pouvait devenir petit aux yeux de la poftérité, ce ferait dans les éloges outrés & extravagans de fes mal-adroits Panégyriftes.

M O I.

Vous avés beau déguifer, vous êtes anti-Voltairien ; mais enfin, loués le Dithyrambe, je vous pardonne vos opinions, & nous ferons amis.

L U I.

Que je loue le Dithyrambe ! non. Je ne changerai pas de langage, & j'ai pour garant de mon fentiment l'Encyclopédie elle-même. Écoutés l'extrait de fon jugement fur ce genre de poéfie.

» Le Dithyrambe exige que les métaphores
» foient tirées de loin, dures, compliquées;
» des renverfemens de conftruction fréquens &
» embarraffés; un défordre de penfées alambi-
» quées, guindées, qui étourdiffent l'auditeur,
» fans qu'il connaiffe rien à ce qu'il vient d'en-
» tendre; une verfification affranchie des règles.
» Tous ces caractères réunis prouvent que le
» Dithyrambe n'eft *qu'un vrai galimathias* «.

M O I.

Et cet article odieux eft imprimé! ô comble de l'outrage! je cours, à l'inftant, confulter
l'Encyclopédie, & je déchire la feuille. Adieu.
A l'année prochaine rendés-vous au Louvre.

L U I.

Où je promets de ne pas venir. J'ai trop fouf-
fert pour m'expofer à une nouvelle torture.

F I N.